나는
아직
(준비
중)
입니다

나는 아직 (준비중) 입니다

이은영 지음

프레너미
FRENEMY PUBLISHING

"당신의 준비를 응원합니다"

준비가 안 돼서 시작이 안 될까?
시작을 안 해서 준비가 안 될까?

원더랜드로 가기 전 앨리스는 깊은 굴속으로 떨어졌다.
앨리스는 원더랜드로 가기 전 어떤 준비를 했을까?

앨리스에겐 분명 다른 점이 있었다.
그녀는 바쁘게 지나가던 시계토끼를 그냥 지나치지 않았다.
놓치지 않고 시계토끼를 쫓아 원더랜드로 갔다.
준비된 시작이 없듯 완벽한 준비도 없다.

원더랜드로 간 앨리스가 붉은 여왕에게 물었다.
"열심히 달렸는데 왜 제자리인 거죠?"
붉은 여왕이 대답했다.
"그나마 힘껏 달렸으니 제자리에 있는 거야."

붉은 여왕 효과(Red Queen Effect)를 아는가?
경쟁 상대가 빠르게 움직이고 있는데
나만 가만히 있으면 뒤처지게 되는 현상.

붉은 여왕의 세계에서는 제자리를 유지하려면 뛰어야 한다.
앞으로 가고 싶다면?
그렇다면 지금보다 두 배 빨리 뛰어야 한다.

아직 시작할 준비가 안 됐다면 제자리를 유지하기도 힘들다.
시작의 기회를 잡으려면 평범한 일상에서 무언가를 찾아야 한다.
앨리스가 시계토끼를 지나치지 않은 것처럼.

지금 당신이 준비 중이라면 깊은 굴속에서
불안과 걱정을 동반한 고통의 시간을 보내고 있을 것이다.
새로운 시작 앞에 우리 모두는 그 시간을 거친다.

나는 오랜 준비 끝에 내 이름 석 자로 사업을 시작했다.

이제부터 그 깊은 굴속에서의 경험을 당신과 나누려고 한다.

지금 당신이 준비 중이라면

이 책이 당신의 여정을 밝히는 촛불이 되길 바란다.

새로운 시작을 위한 준비의 준비가 되길 바란다.

길고 긴 준비를 끝내고 마침내 시작한

이은영 드림

Contents

Part 2
정말로 내가
원하는 건 뭘까

Contents

Part 3
성공이란
마법이 일어나는 순간

Part 4
완벽한 내 사람을
만드는 법

Part 1
(아무리 회사가 미워도)

월급의
대가

회사에서 받는 스트레스도
월급에 포함되어 있다는 걸 명심해.

_____

그러기엔 월급이

너무 적은 거 아니니.

구호에 불과한 말
또는
플래카드를 걸어 놓고
만족하는 말

리더십을 가져라
열정을 가져라
혁신하라
주인의식을 가져라
창의적으로 일하라
소통하라
실패를 두려워 말라

회사에
다니는 이유
1

선배는 왜 아직 회사에 다녀요?

간판

월급

할 줄 아는 게 이것밖에 없어서

그러게 말이다

먹고 살려고

승진

불안해서

꿈

결혼해야지

대출금

몰라, 쓸데 없는 거 묻지 마!

성장

배움

그럼 뭐?

• 나는 아직 왜 회사에 다니는지 거짓 없이 체면 생각하지 말고 적어보자.

미워하고 있다면
아직 때가 아니다.

향후 계획 없이 사직을 하지 말라.
현 직장에 대한 불만족은
퇴사 이유로 충분치 않다.
꿈꾸는 일을 할 기회가 당신을
끌어당길 때가 가장 적절한 퇴사 시기다.

_존 아쿠프의《꿈꾸는 월급쟁이》중에서

인사고과

나 :
이번에도 C예요.
어떻게 일해야 고과를 잘 받을까요?
정말 억울해요.

선배 :
이 대리, 회식 때 주로 어디 앉아?

———————

잘 생각해보니

나는 회식 때 항상 상사의 대각선 구석에 앉았다.

고과 잘 받는 그 녀석은 항상 상사 옆에 딱 붙어 앉는다.

내 고과가 C인 건 상사 대각선 구석에 앉아서일까?

회식은 정말 업무의 연장선인가 보다.

나=회식유령=투명인간

똑똑해도
일잘해도
상사비위
못맞추면
고과없다

잘 생각해봐라.
나도 나한테
잘하는 사람이 좋다.

상사에게 잘할 자신 없으면
고과는 처음부터
기대도 하지 마라.

누구를 위해
일하는가

상사를 위해 일하는 것만큼
동기부여가 저하되는 일이 없다.

상사를 위해 일하는 것만큼
성과가 없는 일이 또 없다.

평생 나는
상사를 위해 일할 것인가?

평생 나는
회사를 위해 일할 것인가?

그런데 혹시
회사가 날 위해 일할 수는 없을까?

누가 만든지도 모르는
그 일의 중간만 맡아 허우적거렸다.
왜 시작되었는지 이 일의 끝을 보지 못한 채 중간을 붙잡고
상사의 기분에 사내정치에 휘둘리고 휘둘리다
결국 내 일과 나를 함께 잃어버리기도 한다.

평생 나는 상사를 위해 일할 것인가?
아니 그것이 가능한가?

평생 나는 회사를 위해 일할 것인가?
그게 도대체 가능한가?

결국 회사가 날 위해 일하는 시스템
그걸 위해 일해야 하지 않을까?

————————

상사의
분류

개인의 사리사욕 채우기에 급급한 탐관오리형.
위에 아첨하고 정치하는 위신이라고는 없는 이방형.
천하를 호령할 듯 카리스마 가득한 장군형.
대쪽같이 곧은 심지의 청렴결백한 사대부형.
바르지만 힘 없고 부족한 몰락한 양반형.

이상하리만큼 위로 올라갈수록
탐관오리와 이방들이 가득하다.

나라꼴이 말이 아니다.
회사꼴이 말이 아니다.

직급이 올라갈수록
어떤 상사가 될지
많은 생각을 해야 한다.

정말 자신할 수 있나?
내가 그처럼 되지 않을 자신.

소심한 복수

때리지만 않았지
엄청난 정신적 구타를 당한 후
내가 할 수 있는 거라곤
아주 소심한 복수

1. 인사 안 하기

2. 성의 없게 대답하기

3. 눈 안 맞추고 보고하기

리더와
리더십

리더를 시켜줘라.

그럼 리더십을 펼칠 테니.

———————

팀장 : 자네는 실무 능력은 탁월하지만 후배 양성하고 팀 전
체 일 챙기는 능력은 부족한 것 같아. 자기 일만 하지
말고 두루두루 리더십을 보여야 승진을 시켜주지.

나 : (속으로) 그럼 팀장님은 뭐 하시려고요? 그거 하라고
회사에서 저보다 월급 많이 주잖아요. 실무를 줄여주
던가, 리더를 시켜주던가.

앞에서는 하지 못하는 말이라는 게 함정.

우리 좀 솔직해지자.
리더, 당신의 리더십은?

"리더십으로 자리 앉히는 거면
팀장님부터 자리 빼세요!"

자리가 사람을 만든다.
리더십이 없어서 승진 못 시켜준다는
꼼수에 속지 말자.

브랜드와
로열티

브랜드 개인

개인을 브랜드로 만들어줘라.
그 개인이 팀을 살릴 테니.
그 개인이 회사를 위기에서 구할 테니.
그 개인이 회사가 그렇게 주장하는 혁신을 만들 테니.
빛나는 개인이 팀을 살리고 상사를 빛나게 한다.

———

로열티 개인

회사에만 충성하는 개인은 위험할 수 있다.
가장 경쟁력이 떨어지고 정체되고 정치만 하는 그런 사람일 수 있다.
로열티나 주의인식보다 개인에게 브랜드를 강조하라.
개인은 철저히 브랜드가 되어 회사에 공헌하자.
그게 회사도 살고 나도 사는 길.

———————

현실직시

대기업 실무자

납품업체 사장

Scene 1
출근

Scene 2
퇴근

큰소리치던 회사원은
어김없이 만원 지하철을 타고 퇴근하지만
고개 숙이고 사과했던 납품업체 사장은
벤츠를 타고 퇴근한다.

Scene 3
주말

지하철 타고 퇴근한 회사원은
주말에도 지하철 타고 특근하러 가지만
벤츠 타고 퇴근한 납품업체 사장은
주말에는 벤츠 타고 골프 치러 간다.

납품업체 사장은 본인 힘으로 사업을 일군 사람이다.
큰소리치던 나는 회사 이름 빼면 무엇이 남는가?

가슴이
시키는 일

"가슴이 시키는 일을 해라."

———————

당신이 회사원이면 이 말이 나오겠나?
매일매일 출근이란 걸 해보고 말해라.
회사생활 안 해봤으면 이런 말하면 안 된다.
이런 말을 하려면 최소 경력 10년은 되어야 한다.

리더십 강사가 리더십이 없고
동기부여 전문가가 감정 기복이 심하고
커뮤니케이션을 말하는 이가 소통능력이 부재한 세상.

가짜에 속지 말자.
가짜와 진짜를 구별하자.

야근

회사는 혁신을 외치고 상사는 보고서를 지시했다.
그래서 오늘도 나는 야근을 한다.
야근을 하면 보이는 거라곤 회사뿐이다.
밤샘을 하면 보이는 거라곤 일뿐이다.

결국 혁신은 없다. 혁신은 사라졌다.
혁신은 영영 나오지 않을 게 뻔하다.

새드엔딩.

나는 혁신 없는 이곳을 떠난다.
회사의 혁신보다 내 인생의 혁신이 훨씬 쉬우니까.
그럴 듯한 말 만들기 보고서 따위 없어도 되니까.
실력 대신 관계에 집중하지 않아도 되니까.

이제 불필요한 회식도 무한반복 보고서도
사내정치도 없는 곳으로 떠난다.

해피엔딩.

몸의 복수

몸은 신호를 보낸다.

그만해라.
많이 일했다.
지친다.
죽겠다.
그만 쉬어라.

몸의 복수 몸살.

———————

직장인 질병

회사원 중에
링겔 한 번 안 맞아본
사람이 있을까?

내 질병의 근본 원인
화병!

회사원
vs.
사업가

팀장 :   요즘 이대리만큼 일 속도가 빠른 사람이 없어!

(일 더 시키려고 칭찬 일색)

나 :   (속으로) 당연하죠, 팀장님. 저는 회사원의 속도로 일 안
해요. 그러니 회사원으로 키우지 말고 사업가로 키우
세요. 그럼 속도는 몰라보게 빨라집니다.

법칙

또라이 질량 보존의 법칙

어디를 가나 언제나
일정 수의 또라이가 존재하며
그 수는 일정하게 보존된다.

지랄 총량의 법칙

모든 사람은
평생 동안 쓰고 죽어야 할
지랄의 총량이 정해져 있다.

———

그러니 너무 발버둥치지 말자.
다만 내가 만난 또라이가
그가 가진 지랄의 총량을
내게 다 쓰지 않기를 바랄 뿐.

회사원의
분류

회사원은 뒷모습에서
딱 두 부류로 나뉜다.

어깨가 축 쳐진 회사원.
어깨가 쫙 펴진 회사원.

그래서 먼저 관리해야 할 것은
외모, 몸매, 인맥이 아니라
다름 아닌 '어깨'다.

―――――

어깨가 나를 말해준다.
자신감이 부족하다면 어깨부터 펴보자.
그 어깨가 자신감을 줄 테니.

주인의식

다른 생각하지 마.
너의 미래 그려 보지 마.
너는 그저 내 밑에서 일해.
최선을 다해서.

하지만 말야.
나는 널 버릴 수 있고
너는 언제든 버림받을 수 있어.

자, 일하자.
현실이 이런데 주인의식은 무슨.
주인의식 개나 줘 버려!

———————

주인이 아니다.

주인의식 개나 줘 버려.

회사에
다니는 이유
2

선배는 왜 아직 회사에 다녀요?

―――――――

응,
아직 이 회사에
해주고 싶은 일이 있어서.

퇴사하는
이유

1

언제 퇴사하냐고?

———————

내가 아직 퇴사하지 못하는 이유는
꼬박꼬박 나오는 월급도
잊을 만하면 한번 맞는 히로뽕 성과급도
밖은 겨울이고 정글이고 지옥이라는 주변의 만류도
나가서 뭐 먹고 살지에 대한 두려움도 아니다.

내가 아직 퇴사하지 못하는 이유는 단 하나
졸업작품을 완성하지 못해서다.

상사가 미워서
관계가 힘들어서
월급이 적어서
비전이 없어서
집이 멀어서
재미없어서
잘 못해서
그냥 다니기 싫어서…
이건 모두 퇴사 이유일 수 없다.

멋진 졸업작품이 완성된 그때
그거 만들면 바로 나간다!

분노조절장애

자꾸 화가 나서 한번 치받을까 싶다가도
화를 삭이며 한숨 쉬듯 말을 뱉어낸다.
"이거 분노조절장애인가?"

오늘도 내 옆자리에 한 명,
뒷자리에 여러 명이 심각한 증세를 보인다.
분노조절장애.

아마도 몇몇은 차가운 소주 몇 잔에 기대어
또 몇몇은 뜨거운 뒷담화에 의존해
피폐해진 정신을 치료할 성싶다.

———————

부하직원들의 몹쓸병.

분노조절장애.

미워하고
있을 때

미워하며 떠나지 말자.

———

면접 볼 때 우리는 모두 한 가지 약속을 했다.

뽑아만 주시면 입사만 시켜주시면 목숨 바쳐 일하겠습니다.

우리는 그때 그런 약속을 했다.

물론 약속을 어긴 것은 나만이 아니다.

회사도 더 이상 내가 목숨 바쳐 일하고 싶었던 그곳이 아니다.

하지만 미워하고 있을 때는 퇴사 시기로 적절하지 않다.

지금 미워하고 있다면 원망스럽다면 억울하다면

그때 떠나서는 안 된다.

떠날 때가 아니다.

내 손에
우산이 없는 걸 보고

비는
더욱 세차게
퍼부었다

_ 김기택의 〈우산을 잃어버리다〉 중에서

회사

그 끝이 없다는 걸 알면서도
그저 참고 가는 곳.

가야 한다면 이렇게 하자.
회사에 있는 동안 개인의 역량 극대화하기.
최고의 역량으로 회사에 열심히 공헌하기.
언젠가 헤어질 때 서로 미워하지 않고 떠나기.

회사는 자의든 타의든
원하든 원하지 않든 떠나게 되어 있다.
헤어지게 되어 있다.

알면서 모른 채 하지 말자.
중요한 것은 헤어질 때
서로 미워하지 않고
고마워하며 헤어지는 것.

———

꼰대

한때 일 잘하던 선배 – 실무 = 꼰대

선배가 상사가 되어
실무를 놓는 순간
일 잘하던 그도
서서히 꼰대가 되어간다.

손이 놀고
입이 일할 때
실무는 사라지고
그는 상사가 된다.

실무를 놓고
입으로만 일할 때
그는 꼰대가 된다.

변한
이유

내 상사가 변한 이유는 뭘까?
이 회사 아니면 다른 대안이 없어서.

———

내 상사처럼 되지 않으려면
나는 다른 대안이 필요하다.

내가 세상을 변화시킬 수 없다면
세상이 날 변화시킬 수 없도록
내가 나를 지켜내야 한다.

내가 싫어하는 상사처럼 되는 것은
순식간이다.

내가 싫어하는 그 임원도
처음에는 안 그랬으므로.

그도 나 같았고
나도 그 같아질 날이 금방이다.

유효기간

굳이 내가 왜지 싶을 때가 있다.

무슨 부귀영화 누리겠다고 이러나
싶을 때가 있다.

아마도 내가 먹고 살 만한 모양이다.
하지만 정확히 말하면
지금 먹고 살 만한 것이다.

그런데 지금 먹고 살 만한 거

10년 후에도 유효한가?
20년 후에도 그대로인가?

현재 소득은
사실 미래 소득을 포함하고 있다.

그래서 지금 먹고 살 만한 것에는
반드시 미래도 포함되어야 한다.

문득 등골이 오싹하다.
사실 미래는 고사하고
지금도 먹고 살 만하지 않으니까.

부질없시즘

한때는 그렇게 목매다 정작 천하에 쓸모없어지는
허탈한 현상을 뜻하는 말.

부질없시즘[Buzilupsizm]

———————

그때는 세상의 전부 같지만
졸업하면 부질없는 것,
학점.

그때는 세상의 전부 같지만
퇴사하면 쓰잘데기 없는 것,
고과.

그때는 세상의 전부 같지만
결혼하면 아무 소용 없는 것,
연애.

기러기
상사

그의 가족을 위해
내 가족이 희생되는 것.

———

상사: 주말에 특근이나 할까?

나: …….

퇴사하는
이유
2

회사를 그만두는 진짜 이유는
돈도 누락도 평가도 관계도 아니다.

———————

연차가 쌓일수록
성장하고 발전하는 게 아니라
소진되고 정체되는 느낌이라면
떠날 때가 된 것이다.

더 이상 여기서 배울 게 없는 거다.

회사가 학교냐?
배울 게 없어서 그만두게!

우리는 돈을 내고 학교를 다닌다.
우리는 돈을 받고 회사에 다닌다.

그러니까 배울 생각일랑 집어치우고 일이나 해!
성과를 내!
네가 가진 모든 것을 쏟아부어!

어른들의 그럴듯한 거짓말.

회사는 생태계다.
살아 숨 쉬는 사람들이 모인 거대한 유기체다.

그렇기에 개인의 성장 없이
성장하는 회사 없고
개인의 배움 없이 발전하는 회사 없다.

개인이 성장해야 개인이 배워야
생명체인 회사는 영속할 수 있다.

그래서 배움 없는 조직은 개인을 질식시키고
피폐한 개인은 조직의 생기를 앗아간다.

그렇게 둘은 헤어짐에 마땅하다.

(정말로 내가 원하는 건 뭘까)

낭중지추

낭중지추囊中之錐는 주머니 속의 송곳.
능력과 재주가 뛰어난 사람은 저절로 드러난다는 말이다.

낭중지추는 나에게 딱 어울리는 사자성어.
때가 되면 나도 이 답답한 주머니 밖으로 나가겠지….

———————

적당주의

COMFORT ZONE

적당히 일한다.
적당한 보고서가 나온다.

적당히 쓴다.
적당한 글이 나온다.

적당히 놀았다.
적당히 재밌었다.

적당히 공부했다.
적당한 점수가 나왔다.

그래서
적당히 하면
꽤 편안하다.

지금 편안하다면
경계하라.

적당한 수준의 노력
적당한 수준의 시간투자
적당한 수준의 목표로
나올 수 있는 거라곤

딱 그 정도 수준의
적당한 결과물뿐.

제대로 하는 것
높은 수준의 목표를 갖고
자기 삶에 남다른 니즈를 갖는 것.
제대로 삶을 대하는 자세
그 자체가 경쟁력이다.

돈
vs.
시간

돈 대신
시간을 벌자.

돈 벌려고
시간을 팔지 말고

돈을 내서 시간을 사는
삶으로 옮겨 가자.

돈 대신
시간을 벌자.

시간은
내 친구

시간을 내 친구로 만들 수는 없을까?

시간에 쫓기지 않고 시간이랑 친하게 지내는 것.
시간과 잘 어울려 균형 있게 사는 것.
그런 시간 친구가 생겼으면 좋겠다.
더 이상 쫓기지 않게.
더 이상 허무하지 않게.

시간이랑 친해지면
내가 원하는 방향으로 갈 확률이 높아진다.

물질적인 성공은
정말 중요한 다른 일에
집중할 수 있는 능력을 선사한다.
그리고 이 능력이 차이를 만든다.
당신 자신의 인생뿐만 아니라
다른 사람들의 인생에 대해서도.

-오프라 윈프리(미국 방송인)

내 시간

진짜 아까운 것은
돈이 아니다.
진짜 아까운 것은
놓친 기회가 아니다.

진짜 아까운 것은
내 시간이다.

———

재미가
필요해

내가 비참한 이유는 재미가 없기 때문이다.

비참하다는 기분이 든 적이 있는가?
아마도 그 이유는 지금 위치에서
현재 함께하는 사람들과의 관계에서
기쁨을 못 느끼기 때문일 거다.

'나는 왜 이렇게 비참할까'라는 질문 대신
'나는 뭘 하면 재밌을까'로!

———————

재미있는 일 앞에 과로란 없다.

이러다가 과로사?

내 몸의
반은
커피

내 몸의 반은 커피다.

내 피는 아메리카노 색깔이다.

• 한국인의 커피 소비량 2016년 250억 잔,
1인당 연간 500잔.

———————

비교우위

매력은 이긴다.
전략을 완벽히.

매력이 돈이 될 수 있을까?
매력이 자본이 될 수 있을까?

피플 비즈니스

매력은 돈이다.
매력은 자본이다.
매력은 산업이 된다.

———

내가 가진 것

내가 가진 거라곤
끝이 빤히 보이는 회사
통장에 잠시 스쳐 지나가는 월급
팔리지 않는 책
이런 것을 지키고자 아등바등.

그러면서도
내가 왜 이 사업을 하고 있는지 생각해본다.

나는 정말 가진 게 있나?
그것을 지키고 이 사업을 안 할 만큼
내가 지키고자 하는 것은 가치가 있는가?

내가 정말 갖고 싶은 것은
내가 정말 지켜야 하는 것은

생각의 자유
이동의 자유
결정의 자유

매력 그리고 영향력.

명함

진짜 나를 발견하는 법

1단계 명함을 꺼낸다.
2단계 명함에서 회사 이름을 가린다.
3단계 회사 전화번호, 주소, 부서, 직급을 모두 지운다.
4단계 그러고 난 다음 다시 명함을 살펴본다.

———

다 지우면 남은 것은 내 이름 석 자.

지금 만나는 사람들, 지금 나에게 연락하는 사람들은

회사를 떠나고 난 다음에도 유효할까?

회사 이름을 빼고 내 이름으로 이룬 것은 무엇인가?

회사 이름이 아닌 내 이름 걸고 유지할 수 있는 네트워크, 성과,

만들 수 있는 거래는 무엇인가?

명함 빼고 팔려야 진짜다.

명함 빼고 팔려야 그게 진짜 내 거다.

진짜
위험한 것

가장 안전해 보이는 것들이 진짜 위험한 것일 수 있다.

배 안이 가장 안전하다는 잘못된 정보처럼

어쩌면 안전해 보이는 회사 안이 가장 위험할 수 있다.

회사 입장에서 나는 비용이니까

정말 위기의 순간에 회사는 나를 지켜주지 않는다.

어쩌면 비용인 나를 가장 먼저 내보낼지도 모르는 일이다.

진짜 내 이름으로 살 때

비로소 위험에서 벗어날 수 있다.

회사나 남에게 기대어 살면

막연히 괜찮을 거야 하는 마음이 들게 된다.

내 이름을 맨 앞에 내세워 살면 그런 마음이 들지 않는다.

내 이름으로 내 사업을 해야 위태롭지 않다.

내 이름으로 내 사업을 해야 나와 내 가족을 지킬 수 있다.

남의 일이 아니라 내 일을 해야

막연히 괜찮을 거야 하는 내 마음을 경계할 수 있다.

진짜 위험한 것은 나로 살지 못하는 것이다.

진짜 위험한 것은 온전한 나로 살지 못하는 것이다.

반복

매번 피곤하고
매번 화병에 걸리고
매번 피곤해 죽겠다면서
매번 그렇다면서

왜 사람들은
계속 같은 방법으로
사는 걸까?

현대인이 원하는 4가지 마법

어느 날
다이어트 대성공
몸짱

느닷없이
압도적인 미모
인기짱

급작스레
대박 성공
인생역전

눈 떠 보니
되고 싶은 나
동기부여

그런 건 없다.
매직 프랙티스만 있을 뿐.

Imagination

내 경험이 일하게 하지 마라.
내 상상이 일하게 하라.

———

과거 속에 사는 사람을 만날 때가 있다.
잘나가던 전성기에 사는 사람 말이다.

내가 한때는 임원이었다.
내가 한때는 사장이었다.
내가 한때는 주인이었다.

과거 속에 자신을 가두지 말고
상상이 시키는
미래가 시키는
오늘의 일을 하자.

경험이 일하면
현재에 살지만
상상이 일하면
미래에 살 수 있다.

경험 대신 상상으로
현재 대신 미래로.

오늘

결국 오늘은
미래의 나를 만나는
과거의 하루.

그것이 오늘이 소중한 이유.
이것이 오늘에 충실해야 하는 이유.

내가 원하는 미래는
충실한 오늘을 보낸 사람에게
선물처럼 주어지는 것.

————

미래의 나를
먼저 결정하기.

그가 정해준
오늘의 일을 하기.

오늘이
미래의 나를
만나도록.

————

How가 아니라
Why

어떻게 해야 달성할 수 있죠?

어떻게 해야 찾을 수 있죠?

어떻게 해야 이룰 수 있죠?

어떻게 해야 될 수 있죠?

어떻게 해야 할 수 있죠?

어떻게 내가 당신의 노하우를 배울 수 있나요?

어떻게 어떻게 도대체 어떻게 배울 수 있나요?

———

당신의 왜를 찾아라.
어떻게는 그다음 아닐까?

하루를 바삐 보내는 대신
온 열정을 다해 하얗게 불태우는 대신
충실하고 묵묵하게
당신의 왜를 달성하는
그런 하루가 필요하다.

성공적인 결과는
이루고자 하는 목표가 아닌
'왜'를 충실히 달성하는 과정에서
얻어지는 것 아닐까?

걱정

왜 그렇게 걱정하냐?
잘하고 싶나봐.
그렇게 걱정하는 거 보니까.

————

많은 사람들이
착각하는 게 있어.
두려움을 느끼지 않는 게
'용기'라고.

'용기'가 그거 아닌가요?

아니…
두려움을 느끼지 않는 게 아니라
두려워도 계속하는 게 용기야.

_드라마 〈굿 닥터〉 중에서

가장
힘든 일

사업이 힘든 이유는
나를 바꾸는 일이기 때문이다.

결국 일이 힘든 것이 아니라
나를 바꾸는 일이 힘든 것이다.

———————

너무
힘든 날

요즘 정말 너무 힘들다.

그런데 잘 생각해 보면

나는 고등학생 때도 힘들었고

20대 때도 힘들었고

회사를 다닐 때도 힘들었고

회사를 안 다닐 때도 힘들었고

종업원일 때도 힘들었고

사장이 돼서도 힘들었다.

도대체 왜 이렇게 계속 힘든 걸까?

그거야 내가 살아 있으니까.

살아 있는 한 계속 힘들다.

그냥 인정하고 그 안에서 답을 찾자.

인생의
3단계

1단계 무엇을 성취할 것인가?
2단계 무엇을 나눌 것인가?
3단계 무엇을 남길 것인가?

————

오로지 내가 무엇을 성취할 것인가만 바라보던 인생의 1단계에는 왜 그렇게 조급하고 마음의 여유가 없었는지 모르겠다. 그때는 몸과 마음 모두 지칠 대로 지쳐 있었다. 우리 대부분은 인생의 1단계에 머물러 있다. 성취에 대한 부담에서 벗어나는 가장 쉬운 방법은 스스로 인생의 2단계로 옮겨가는 것이다. 그리고 아주 소수의 사람들만이 인생의 3단계를 위해 살아간다. 지금 내가 고민하고 번뇌하는 이유는 무엇을 성취할 것인가라는 인생의 1단계에 머물러 있기 때문 아닐까?

준비된
시작은
없다

준비된 시작이 있다면 얼마나 좋을까?
준비가 안 되었다는 이유로 시작조차 못하고 있는 나.
이유가 아닌 가장 편한 변명을 대고 있는 나.

그런데 정말 준비가 되면 시작할 수 있을까?
그 준비는 얼마나 하면 끝나는 것일까?

준비된 시작은 없다.
준비된 믿음만 있을 뿐.

———————

원더랜드
가기 전

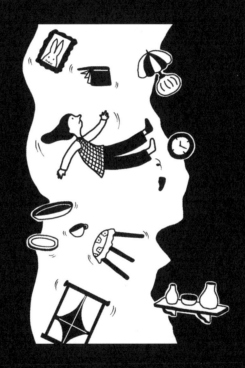

원더랜드로 가기 전 앨리스는 깊은 굴 속으로 떨어졌다.

어디로

앨리스 : 어느 쪽으로 가야 할지 가르쳐 줄래요?
고양이 : 그건 네가 어디로 가고 싶은지에 따라 다르지.
앨리스 : 어디든 상관없는데….
고양이 : 그렇다면 어느 쪽으로 갈지도 중요하지 않겠네.

———————

사람 1 : 세상이 어떻게 될까?

사람 2 : 세상을 어떻게 할까?

나는 사람 1인가?

나는 사람 2인가?

자신감

자신감은
내 의식이 현재에 머물러 있는 상태

자신감 없는 건 이유가 되지 않는다.
처음부터 자신감이 있었던 사람이 있을까?

그래 보이는 그도
결국 처음이 있었겠지.

자신감이 없는 게 아니라
내 이유가 확실하지 않은 거겠지.

자신감이 없는 게 아니라
내 안의 내가 확실하지 않은 거겠지.

인생이란

때로는 이렇게
살아내는 삶도
살아야만 한다.

살만하다가
살아지다가
살아내다가

우리네 인생이란 그렇게

살만하다가
살아지다가
살아내다가

무서운
사람

제일 무서운 사람은?
꾸준히 하는 사람.
계속하는 사람은 못 이긴다.

———————

내가 나를
믿는 정도

내가 나에게 베팅하지 못하는 이유는?
마음은 굴뚝같아도 선뜻 박차고 나가지 못하는 이유는?
변화하고 싶은데 마음처럼 몸이 움직이지 않는 이유는?

내가 나에게 베팅하지 못하게 하는 이유는
내 불성실한 태도 때문 아닐까?

————————

분명 나인데
내가 나를 못 믿겠어….

엉덩이
체력

때로는 엉덩이의 힘이
모든 조건을 지배해 버리곤 한다.
모든 운을 끌어들인다.
모든 장애물을 압도해 버린다.
결국 내가 원하는 그걸 내 곁에 내어준다.

그러고 보면 엉덩이는
내 몸에서 참 중요한 녀석이다.

하지만 애쓰지 않고
원하는 것을 얻는 경지에 이를 수 있다면
얼마나 좋을까?

———————

남의
말

내게 아픈 말을 한 그 사람이
내 인생에서 얼마나 중요한 사람일까?

잘 생각해보면
그 중요도가 떨어질수록
나를 제대로 모르는 사람일수록
나와 내 꿈을 헐값 취급한다.

그저 그런 사람들의 이야기는
그냥 흘려보내자.
자기 내면의 소리에 귀 기울여 보자.
그들이 나일 수는 없으니까.

———————

의욕

나는 왜 의욕이 없을까?
잘 생각해 보자.

의욕이 없어서 시작이 안 될까?
시작을 안 해서 의욕이 없을까?

Work excitement theory
작동흥분이론이라고 아는가?
시작하면 의욕이 생긴다는
심리학 이론.

———————

어쩌면 시작하지 않아서
힘이 안 날 수 있다.

나가기 싫었지만
막상 산책을 하면 좋고
한없이 귀찮던 운동도
막상 시작하면 좋은 것처럼

의욕이 없다면 도저히 힘이 없다면
일단 시작해 보면 어떨까?

작동흥분이론에 의해
일단 시작해 보면 의욕이 생길지 모른다.

나를 불편하게
만드는 것

지금 익숙하고 편안한 일을 하고 있다면
아무것도 안 하는 것과 마찬가지일 수 있다.
나를 불편하게 만드는 새로운 무엇인가를 해야 한다.
그것은 힘든 일이 아니다.
그것은 올바른 준비이다.

———————

당신의 심장이 뛰는 것보다
더 빨리 행동하고
그것에 대해 생각해보는 대신
무언가를 그냥 하라.
가난한 사람들은
공통적인 행동 때문에 실패한다.
그들의 인생은 기다리다가 끝이 난다.
그렇다면 자신에게 물어보라.
"당신은 가난한 사람인가?"

_마윈(알리바바 회장)

진짜 문제

해서 문제 될 것은 없다.

진짜 문제는
아무것도 안 하는 것이다.

해도 후회
안 해도 후회라면
해보는 것이 어떨까?

그만 생각하고
그만 묻고
그만 의심하고
그만 불안해하고
그만 두려워하고

그냥 무턱대고 시작해 보면 어떨까?
이제 그럴 때가 되었다.
어쩌면 그럴 때가 한참 지났는지도 모른다.

———————

몸테크

내 몸을 위해
한 달에 얼마나 쓸까?

옷 말고
화장품 말고
가방 말고
외식 말고
건강을 위한 돈 말이다.

내 몸이 돈을 번다.
그러니 수입의 10퍼센트는
반드시 내 몸에 쓰자.

재테크보다
내게 꼭 필요한 투자, 몸테크.

———————

이 세상에서 제일 비싼 침대는
어떤 침대일까?
병들어 누워 있는 침대이다.
너는 네 차를 운전해줄 사람을
고용할 수 있고
돈을 벌어줄 사람을 구할 수도 있다.
하지만 너 대신 아파줄 사람을
구할 수는 없을 것이다.

한 사람이 수술대에 들어가며
본인이 끝까지 읽지 않은
유일한 책을 깨닫는다.
그 책은 바로 '건강한 삶'에 대한 책이다.
너 자신에게 잘 대해줘라.
타인에게 잘 대해줘라.

_스티브 잡스(애플 창업자)

기억하자,
대신 아파해줄 사람은 절대로 구할 수 없다는 사실.

초라한
이유

내가 초라하다면
내가 안쓰럽다면
내가 작아진다면

이유는 두 가지다.

내 비전이 작거나
내 비전을 잘 모르거나.

미래의 나는 오늘의 나를
어떻게 보고 있을까?

오늘의 나는
내가 이루고 싶은 미래의 나에 비추어
합당한 모습인가?

화

화가 화를 부르고
그 화가 화를 삼키고
결국 나는 화에게 먹힌다.

감정에 휩싸여
화에게 잡아먹혀 버린다.

화가 나서 화를 낸 것인가?
화를 내다 보니 더 화가 난 것인가?
결국 화를 내서 내게 남는 건 무엇인가?

_____

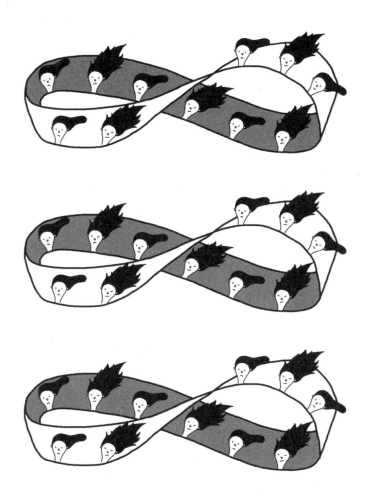

나를
속이는 법

힘이 들 때
이유 없이 눈물이 날 때
나만 뒤처진 것 같을 때
변화 앞에 주저하고 자신감이 떨어질 때
노력하고 있지만 변화라곤 없어 좌절감이 밀려올 때
내가 못해서 그런 것 같아 마음이 너덜너덜할 때면
나에게 하는 말이 있다.

———

오늘도 가만히 되뇌는 말.

"한참 가면 금방 나올 거야."

_신병철(중간계 캠퍼스 대표)

Part
3

〔성공이란 마법이 일어나는 순간〕

패션의
완성

패션의 완성은
얼굴이 아니다.
몸매가 아니다.

———

패션의 완성은

성공이다.

성공의
톱니바퀴

우리는 돈을 내고 영화를 보거나 책을 읽는다.
무엇을 하든 그에 합당한 돈을 지불해야 한다.
나 역시 돈을 내고 영화를 보고 책을 읽었다.

이제는 영화를 보고 책을 읽고 글을 쓰며 돈을 번다.
꾸준히 글만 써도
웬만한 아르바이트 월급만큼 벌 수 있다.

어느 순간이 되면 성공의 톱니바퀴는 반대로 돈다.
평범함의 순방향으로 돌던 톱니바퀴가
비범함의 역방향으로 도는 순간이다.

애쓰지 않아도 저절로 굴러가는 바퀴
성공의 톱니바퀴를 돌려라!

시간의
승수효과

시간에는 승수효과라는 것이 있다.
한 번 내린 좋은 결정은 그저 한 번의 좋은 결정이 아니고
한 번 내린 나쁜 결정은 그저 한 번의 나쁜 결정이 아니다.

좋은 결정은 그다음 좋은 결정으로 이끌고
나쁜 결정은 그다음 나쁜 결정으로 이끈다.

무시무시한 시간의 승수효과.
나는 어떤 결정을 내릴 것인가.

———

배우 지망생?

아직은요.
그런데 언니처럼 될 거예요.
제가 좋아하거든요.

내가 왜 좋은데?

예뻐요. 화려하고.

예쁜 건 네가 더 예쁘다 야. 너 아직 멀었다.
나처럼 되고 싶어 자기 미래 담보로
도장 찍겠다는 친구가
나한테서 본 게 예쁘고 화려한 거밖에 없네.
나처럼 되는 거 어려운 거 아니야.
누가 너처럼 되고 싶게 하는 게 어려운 거지.

_드라마 〈온에어〉 중에서

성공의
기준

내 성공의 기준은 '상대방의 선택'이 아니다.
내 성공의 기준은 '내 선택'이다.

———————

나는 스스로 선택하는 사람인가?
남의 선택을 기다리는 사람인가?

돈을 버는 일이 아니라
명예를 위한 일이 아니라
성공을 쫓는 일이 아니라

그것을 통해
나를 볼 수 있는 직업.
그것을 통해
내 삶을 들여다볼 수 있는 일.

그런 일을 하고 싶다.
그런 일을 해야 한다.

이뤄지지 않은 사랑은
사랑이라고 부르는데

왜 이뤄지지 않은 꿈은
실패라고 부르냐.

_타블로의《블로노트》중에서

이뤄지지 않았어도
실패는 아니야.

그러니까
어깨 좀 펴고 다녀.

전생

나는 아마도 전생에 '소'였을 거야.
일하다 지쳐 죽은 소 아니면 말?

———

삶-목표=부담

내 삶에서 목표를 빼면 남는 건 부담뿐이다.
지금 내 마음이 부담스럽다면
목표가 흔들린 것이다.

진짜 끝까지 가기 전까지는 끝난 게 아니다.
부담이 클수록 그만큼 목표의 크기를 높여 보자.
목표가 단단할수록 부담이 줄어들 테니 말이다.

힘든
이유
1

목표에 다다르기 힘든 이유는
보이지 않는 것을 믿어야 하기 때문이다.

보이지 않는 것을 믿어야 하는 것만큼
두려운 일이 있을까?

보이지 않는 것을 믿으며
눈앞에 버젓이 보이는 마감을 하는 것만큼
무서운 일이 있을까?

보이지 않는 것을 믿어보기로 했다.
결단이란 어쩌면 보이지 않는 것에 대한
믿음의 다른 표현일지 모르겠다.

마법이
일어나는
순간

밤하늘을 가득 메운 하늘처럼
그렇게 모두가 스타가 되는 무대.

혼자만의 성공이 아니라
내 주변 아끼는 사람들 모두가 스타가 된다면
Sky full of stars.

내가 좋아해서 사랑하게 된 것.
내가 사랑해서 잘하게 된 것.
Where magic happens.

———

행운을 만나는 가장 확실한 방법

"지금 하는 일에서 유니크굿(Unique Good)해질 것"

착각
1

하고 싶은 것과
하는 것은 다르다.

하고 싶다고
말하는 것을

하고 있다고
착각하는 건 아닐까?

————

나 :

언니, 나 정말 이제 결심했어!

선배 :

은영아, 너 작년에도 그 말 했어.

일과
에너지

직업에서 에너지를 얻는 것은 축복이다.
일이 곧 내 인생이기 때문이다.

_____

어쩌다 보니 나는 일상의 대부분을 회사에서 보낸다.
내 일상이 모이고 모이면 그것이 내 인생이 된다.

잠자는 시간을 뺀 대부분의 시간을 회사에서 보내지만
회사는 내 인생에는 관심이 없다.
관심을 갖기에는 회사에는 직원이 너무 많다.

내 인생은 내게는 하나밖에 없는 나의 것이다.
그래서 내 인생의 결정권을 내 인생에 관심도 없는
회사에 내어주지 않겠다.

나는 인생의 대부분을 회사에서 보낸다.
그래서 나는 이곳에서 하는 일을 괜찮게 만들어야 한다.

직업에서 에너지를 얻는 것은 진정한 축복이다.

하고
싶은 일

우리는 살면서 중요한 것보다는
인상적인 것에 주목하게 된다.

화려한 연봉
멋진 직장
고급 외제차
사회적 안정.
화려해서 뇌리에 깊이 박힌다.

하지만 진짜 중요한 것은
내가 정말 하고 싶은 것 아닐까?
내가 정말 원하는 것 아닐까?
배고파도 내가 하고 싶은 일 하며 살래.

무슨 부귀영화 누리며 살겠다고….

————

재능은 하늘이 주는 것이다.
감사하라.
평판은 인간이 주는 것이다.
겸손하라.
자만은 스스로 주는 것이다.
조심하라.

_존 우든(미국 농구 감독)

가끔은
그런 생각이 든다.

무슨 부귀영화를
누리겠다고….

힘든
이유
2

내가 힘든 이유는
'남이 바라는 나'로
살고 있기 때문이다.

남이 원하는 모습은 돈을 많이 벌어 떵떵거리고 사는 것이다.

남이 원하는 모습은 유명인사가 되어 공중파에 나오는 것이다.

남이 원하는 모습은 권력을 잡아 남 위에 서는 것이다.

남이 원하는 모습은 치열한 경쟁에서 이겨 우뚝 돋보이는 것이다.

남이 원하는 모습은 내로라하는 좋은 직장에 들어가는 것이다.

남이 원하는 모습은 강남에 큰 아파트를 사는 것이다.

남이 원하는 모습은 고급 외제차를 끌고 다니는 것이다.

남이 원하는 모습은 사회적 성공을 이루는 것이다.

**내가 힘든 이유는
어쩌면 내가 남에게 잡아먹혀서일지 모르겠다.**

무리

지금 내가 무리하고 있지 않다면
말도 안 되게 저질러 보고 있지 않다면
주변에서 내게 한 마디씩 하고 있지 않다면
미쳤다는 소리를 듣고 있지 않다면
특히 가족의 반대에 직면하지 않았다면
나는 어쩌면 제대로 시작하지 않은 것인지도 모른다.
그저 감상하고 있는 것인지도 모르겠다.

―――――――

감상은 참 편하다.

감상은 아주 편안하고 재미있겠지만

감상만 한다면 일이 시작될 리 없다.

닿고 싶은 목표가 있다면

반드시 무리를 해야 한다.

내 사업이, 내 일이, 내 목표가

잘 안 풀리는 이유는

어쩌면 충분히 무리하지 않아서는 아닐까?

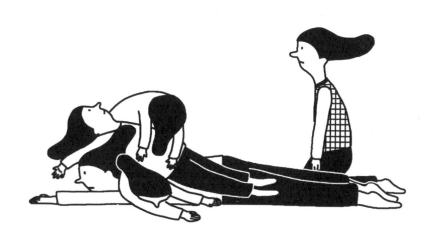

창조의
과정

창조의 과정이 즐거울 수는 없을까?

결과는 찰나의 순간이고 과정은 영겁의 시간이니
과정을 즐기라고들 한다.
결과보다 과정이 중요하다고 말이다.

누가 모르냐?
나도 아는데 이거 분명 내 마음 맞는데
내 마음이 내 마음처럼 안 되는데 어떡하냐고!

그 방법을 알 수만 있다면 나도 그러고 싶다.
결과가 아니라 과정을 즐기고 싶다.
될 수만 있다면 정말로 그러고 싶다.

———————

과정을
즐기는 법

도무지 어떻게 하면
그 놈의 과정을 즐길 수 있을까?

결과는 원래 내 몫이 아니었다.
그러니까 결과까지 욕심 내지 말자.
결과의 부담을 덜면 과정이 보인다.
결과의 두려움을 덜면 과정이 괜찮다.

결과는 원래 내 몫이 아니다.

나는 과정에서 최선을 다할 뿐
결과는 그에게 맡긴다.
원래 내 영역이 아니니까.

———————

사랑 vs. 돈

사랑보다 돈이 우선일 수 있을까?
사랑보다 돈이 우선이어야 할까?

———

돈이 사랑보다 우선일 수 있을까?
돈이 사랑보다 우선이어야 할까?

사랑 vs. 일

사랑보다 일이 우선일 수 있을까?
사랑보다 일이 우선이어야 할까?

일이 사랑보다 우선일 수 있을까?
일이 사랑보다 우선이어야 할까?

그렇게 우리는
감탄하는 법을 잊었다.

_에리히 프롬(미국 정신분석학자)

행복이란

최근 내 삶에 감탄한 적이 있었던가?

잠시 몇 초 정도 시간을 내서 떠올려 보자. 최근에 내가 감탄했던 일, 사람, 상황, 장소, 글귀, 음악, 작품, 물건 그 무엇이라도 좋다.

행복은 지극히 주관적이기 때문에 그것을 수치화하기란 불가능에 가깝지만 만약 수치화할 수 있다면 나는 행복이란 감탄한 횟수라고 말하고 싶다. 삶에 대한 감탄은 삶에 대한 스스로의 만족도를 뜻하기도 한다.

남들에게 그럴싸해 보이기 위해, 자랑하기 위해, 이 집 정말 맛있어, 여기 끝내주지 않니 하는 것 말고 진심의 기쁨, 내 만족 말이다.

멋있어 보이려고 부러워하라고 거짓 감탄을 만들어내는 사이 진짜 내 삶에 감탄하는 법을 잊은 것은 아닐까?

남들 눈치 안 보고 그것이 비록 남들이 전혀 관심 없는 것일지라도 그저 나를 감탄하게 하는 것. 그리고 그 빈도를 높이는 것. 그게 행복 아닐까?

자꾸 거창해질수록 행복은 어려워진다.

———

가난

가난해진다는 것은
서서히 선택권이 없어진다는 것이다.

———————

젊음

젊음은 젊은이에게 주기에
너무도 아깝다.

하지만 늙은이에게
그 새파란 젊음을 주어도
아무 소용이 없다.

그들은 그것을 누릴
체력이 없으니까.

결국 아까워도 젊음은
젊은이만의 것일 수밖에.

―――――――

착각
2

하고 싶은 것과
하는 것은 다르다.

하고 싶다 말하는 것을
하고 있다고
착각하는 것은 아닐까?

다이어트, 시험공부, 퇴사….

———

성공은
좋은 습관이다

성공한 사람 - 실패한 사람 = 좋은 습관

의식적으로 반복된 좋은 습관은
성공의 전부라 해도 과언이 아니다.

———

미래의
본질

원래 미래의 속성은 불안정한 것이다.
미래는 원래 알 수 없게 되어 있다.
불확실하기 때문에 미래다.

미래를 자꾸 확실한 것으로 만들려고 하면
확실한 과거의 기준을 들이대게 되어 있다.

미래를 과거의 기준으로 바라보는 것.
원래 불확실한 것을 확실한 기준으로 따져 묻는 것.

미래는 원래 불안한 것이다.

_____

원래 불안한 것을 놓고
불안하다는 이유로
포기하지 말자.

동물원에 갇혀 있는
수사자를 본 적이 있는가?

제때 먹이가 나오고,
암사자가 바로 옆에 있으며,
사냥꾼을 염려할 필요도 없으니,
녀석은 다 가졌다.

그런데 녀석은 왜 저렇게
지루해 보이는가?

_김광수의 《철학하는 인간》 중에서

갖고
싶은 것

내가 정말 갖고 싶은 것은
내가 정말 지켜야 하는 것은

생각의 자유
이동의 자유
사람의 자유
결정의 자유

매력
그리고 영향력

————

운동하는 이유

왜 운동을 해야 할까?
건강, 다이어트, 체력, 외모….

반드시 운동을 해야 하는
단 한 가지 이유를 꼽자면
운동을 하면 그 즉시 더 나은 나를
기대할 수 있기 때문이다.

우울하다면
달라지고 싶다면
시작이 안 된다면
다 집어치우고
운동부터 해보자.

다르게
살아라

내가 지금
남들과 다른 경험을 하고 있다면
당신은 곧 그들과
다른 수준의 삶을 살 게 분명하다.

내가 지금
남들과 크게 다르지 않게 살고 있다면
꿈꾸지 마라.

———

인정

연결이 많아져도
실제로는 허브를 중심으로 움직인다.
내가 사람들로부터 인정받으면
내가 지칭하는 대상 역시 인정받는다.
내 말에 안 따라준다면
상대가 내 마음처럼 안 움직인다면
내 이야기로 도무지 설득이 안 된다면
그것은 내 일의 문제가 아니라
내 문제가 아닐까?

내가 인정받으면
내가 지칭하는 그것조차 인정받으니까.

————

토끼와
사냥개

토끼와 사냥개가 있다.

사냥개는 주인이 명령하면 토끼를 잡으려고 열심히 뛴다.

아쉽지만 사냥개는 결국 토끼를 놓치고 만다.

토끼와 사냥개의 차이는 무엇일까?

사냥개는 종업원이다.

놓쳐도 그만이지만 잡으면 좋다.

토끼의 입장은 어떨까?

토끼는 목숨 걸고 뛴다.

그래야 살 수 있다.

토끼는 잡히면 죽고 도망치면 살 수 있다.

———————

나는 토끼인가? 사냥개인가?

시작과
끝

시작
시작할 땐 가짜일지 모른다.

끝

하지만 마지막엔 진짜로 끝을 내야 한다.

사업 vs. 사업

참고 견디고
역경을 이겨내서
성취해야 하는 사업과

재밌고 근사해 보이고
어울리고 싶어서 하는 사업 중
뭐가 더 잘될까?

후자 쪽을 선택해 보려고 한다.
정해진 규칙은 없다.
내가 만들고 싶은 내 사업을 만들면 되니까.

————————

태도

여태껏 내 일 내 사업보다
내 삶의 태도를 강력하게
변화시킨 것은 없었다.

결국 내 일을 해야 한다.
내 사업할 때의 나와
회사 일 할 때의 나는
다른 사람이 아니다.

언젠가 내 일을 할 거라면
회사 일도 내 사업처럼.

―――――――――

거짓말

시시하게 살기 싫다면서
내 노력은 시시하다.

평범하게 살기 싫다면서
내 노력은 평범하다.

특별하게 살고 싶으면
특별한 노력이 필요하다.

모르는 일이다.
내가 나를 속이고 있는지도.

말이 행동이 될 수는 없다.
외치는 구호가
반복되는 결심이
노력일 리 없다.

나는 어떤가?
내 결심은 진실한가?

Part 4

〔완벽한 내 사람을 만드는 법〕

연애하듯이

처음부터 스킨십 말고
연애부터

연애를 할 때도
고객의 마음을 살 때도
매출을 올리고 싶을 때도

다짜고짜 들이대지 말고
연애하듯이

이상형

혼자서
행복하지 않은 사람은
둘이어도
행복하지 않다.

그래서
내 이상형은

스스로 행복한 사람.
_____

"사람들은 어디에 있는 거니?
사막은 좀 외롭구나."
어린 왕자가 마침내 입을 열었다.

"사람들 틈에 섞여 있어도
외롭기는 마찬가지야."
뱀이 대답했다.

_생 텍쥐페리의 《어린왕자》 중에서

잘난 사람

잘난 그 사람 곁에 있어야
멋있는 게 무엇인지 알고 느끼고 경험할 수 있다.

멋있는 척해라.
진짜 멋있어질 때까지.

주변에서 제일 잘난 그 사람을
근처에 둬라.

질투

못 참게 부럽다면 못 참게 배워라. 부러워 미치겠다면 미치도록 가까이 다가가 그에게 찰싹 붙어 철저히 배워라.

질투는 파괴적인 감정이다. 그 엄청난 힘은 내 내면을 갉아먹고 또 나를 무기력의 함정으로 끌어들인다.

질투는 힘이 세서 억지로 외면하거나 누른다고 해서 없어지는 감정이 아니다. 질투라는 감정은 그렇기 때문에 담대하게 마주해야 한다. 마주하고 오히려 더 가까이 다가가 이겨버려야 한다.

질투라는 감정의 그 폭발적인 에너지를 내 성장동력으로 가져와야 한다. 친구나 가족 간에 비만이 전염되듯 가까이에 있는 사람들의 정서는 공유되기 마련이다.

부러운 사람이 있다면 질투나 죽겠는 사람이 있다면 그에게 더 가까이 다가가 그의 정서를 그의 장점을 그의 태도를 배우자.

질투의 파괴적인 힘을 성장동력으로 사용하자.

질투라는 감정을 외면하지 말고 담대하게 그 에너지를 이용해 나를 성장시키자.

질투하지 말고 가까이서 배워라.

철저히 정신분열증으로 살면 된다.
이 사람으로 살다가 저 사람으로 살다가
각각은 서로의 피난처가 되어줄 테니.

_필립 라킨(영국 시인)

기쁨이
슬픔이

회사에서는

기쁨을 나누면

시기가 되고

———

슬픔을 나누면
약점이 된다.

———

의외의
법칙

먼저 연결하고 다가가라.

바쁘고 유명하고 똑똑한 그 사람이
평범한 사람들보다 의외로 더 열려 있다.
적극적이고 요청을 기꺼이 도와주려고 한다.

꺼리지 말고 코어 네트워크인 그에게 먼저 다가가고 연결하라.
그는 당신에게 기꺼이 응해줄 것이다.

먼저 다가가지 않으면서
'그는 바쁘니까, 유명하니까, 잘 나가니까' 하고
먼저 포기해버린 건 아닐까?

———

무엇을
위해
사는가

우리가 사는 목적은 무엇인가?

무엇을 위해 사는 것인가?

행복해지려고? 정말?

이런 질문이 나를 더 힘들게 한 것은 아닐까?

행복을 목적으로 산다고 하면 지금 그렇지 않은 내가

뭔가 잘못 하고 있는 느낌이 들지 않나?

내가 사는 이유는, 그 목적은 사실 생존 그 자체에 있다.

다만 내가 살아가기 위해 살아내기 위해서는

행복 바로 그 녀석이 필요하다.

행복은 목적 그 자체가 아니다.

내가 살아가기 위해 필요한 요소일 뿐이다.

행복이 가벼워지면 놀랍게도 행복의 순간이 늘어난다.

죽을 때 기억날 것들

죽을 때 하지 못한 그 일이 생각날까?
죽을 때 벌지 못한 그 돈이 생각날까?
죽을 때 하지 못한 그 사랑이 생각날까?

————

나는 사랑하며 살기로 했다.
삶에서 사랑의 비중을 늘리기로 했다.

내가 사랑하는 것들
그리고 나를 사랑해주는 것들의
공통분모를 만들며 그렇게 살기로 했다.

사람은 누구나 죽고
우리는 죽을 때 오직 사랑했던 기억만을 떠올릴 테니.
죽을 때 하지 못한 그 사랑이 생각나지 않도록
나는 사랑하며 살기로 했다.

고통에 이르는 가장 확실한 방법

가까운 사람을 미워하기

니한테 못 되게 하는 사람들은

다 질투해서 그러는 기다.

니가 하도 잘 나가 부러워서 그러는 기다.

그런 사람들 미워하지 말고

어여삐 여기고

가엽게 여겨라. 알았나?

사람 미워하는 데 니 인생 쓰지 말라 이 말이다.

한 번 태어난 인생 이뻐하면서

살기도 모자란 세상이다.

_드라마 〈너의 목소리가 들려〉 중에서

상대를
완벽하게
사로잡는
법

그(그녀)와 함께 있으면
내가 특별한 사람이 된 것 같아요.

사람은 누구나 타인에게 특별한 사람이 되고 싶다.
이것은 모든 사람들의 아주 원초적인 욕망에 해당한다.
상대의 마음을 얻고 싶다면 그를 특별한 사람으로 대해줘라.
나와 함께 있을 때
그가 마치 특별한 사람이 된 것처럼 느끼게 하라.

사랑이란

사랑을 위해 포기하는 사람

vs.

사랑을 위해 뭔가 해내는 사람

"나 때문에 네 인생의 중요한 계획을 포기하지는 마."

———————

사랑은 상대를 위해
포기하는 게 아니라
뭔가 해내는 거야.
나 때문에 네 인생의
중요한 계획 포기하지 마.

_드라마 <괜찮아 사랑이야> 중에서

최고의
연대

가장 최고의 연대는
그 사람의 입장에 서는 것

그래서 가장 최고의 연대는
상대방과 같은 입장에 서는 것
파트너와 같은 입장에 서는 것

———

마음의 키가 얼마나 자라야
남의 몫도 울게 될까요

_유안진의 <키> 중에서

**자신을 꾸미는 일은
사치가 아니다.**

_코코 샤넬(프랑스 패션디자이너)

움

가끔은 비움
그래야 채움
채워서
나를 바로 세움

그리고 비로소
나를 키움

———

팔짱

팔짱만 낀 사람이 할 수 있는
유일한 일은
입으로 뭐라 뭐라 말하는 것.

팔짱만 낀 사람이 할 수 있는
유일한 일은
두 발로 뛰는 사람을 평가하거나
그의 기준으로 비난하는 일.

팔짱 낀 사람을 설득시키려다가
내가 지쳐 나가떨어질지 모른다.

그가 그의 팔짱을 푼 그때
그의 두 손을 잡아주자.

그리고 그때 다시 시작하자.

평가

사람은 평가 받으면
기분이 언짢아진다.

남을 기분 나쁘게 하는
가장 빠른 방법은 평가하는 것이다.

그를 기분 나쁘게 하는
가장 빠른 방법은 과정을 무시한 채
결과물로만 평가하는 것이다.

남이 해놓은 다된 결과물을
우리는 너무 쉽게 평가한다.
지적하고 안 좋은 점을 꼽아 말한다.

그 과정을 알지 못한 채
결과물만 평가하는 것은 하수의 모습이다.

책을
내고 보니

저자가 된 후 깨달은 게 있다.

_____

지루한 책이라도

핵심이 없는 책처럼 느껴져도

내 취향과 안 맞는 책이라도

기대와 많이 어긋나는 내용이라도

작가가 싫어지는 콘텐츠라도

이 정도는 나도 쓰겠다 싶더라도

혹은 내가 더 잘 쓰겠다 싶더라도

책을 산 돈이 아까울지라도

모든 책에는 배울 게 있다.

모두에게서
배워라

모두가 나보다 나은 게 있다.
너무 싫어하는 그에게도
분명 좋은 점 한 가지는 있다.
재미없는 그 책에서도
분명히 배울 점이 있다.

나를 낮추고
배울 점을 찾을 때
나에게 성장의 선물이 주어진다.

질문금지

여자친구 있어요?
남자친구 있어요?
언제 결혼해요?
언제 애 가져요?
언제 둘째 낳아요?

제발 관심 좀 꺼 주세요.

결혼

결혼을 잘해라.
진짜로 잘해라.

―――――

결혼은 인생에 있어 중차대한 일이다. 삶의 행복도에 지대한 영향을 미치기 때문이다. 하지만 정말 그랬어야 했는데 하며 후회할 필요는 없다.

여기에서 결혼이 반드시 배우자를 뜻하지는 않는다.
결혼을 잘하라는 말은 일적으로 심리적으로 많이 연결된 동료, 사업파트너 등 나와 관계를 맺고 있는 가까운 사람을 의미하는 것에 가깝다. 나와 함께 시간을 많이 보내는 사람과의 관계가 내게 미치는 영향력은 생각보다 강력하다. 때문에 반드시 좋은 파트너를 가까이에 두어야 한다.

그(그녀)는 내게 지속할 수 있는 힘을 준다. 세상 끝까지 나를 지지해 줄 것이다. 그런 사람이 배우자이면 더할 나위 없이 좋겠지만 꼭 그렇지 않아도 괜찮다.

진작 그랬어야 했는데….
하지만 아직 결혼 전이라면
반드시 결혼 그걸 잘해라.

라이프
모티프

아무도 모르는 두 사람만의 은밀한 비밀

그런 공유가 많아질수록
그리고 농도가 짙어질수록
어떤 역경이 찾아와도
두 사람 사이는 쉽게 무너지지 않는다.

쉽게 무너지지 않을 사람
그런 사람을 만나면
그때 내 인생도 달라진다.

―――――――

우리는 두 개의 서로 다른 바다지만
하나의 하늘을 공유한다.
이것이 소울메이트 아닐까?

부부가 서로의 소울메이트가 될 수 없는 이유는
서로 각기 다른 두 개의 바다라는 점을
거부하기 때문이다.

내 바다로 들어와
네 바다와 내 바다를 합치자.
바다도 하늘도 같이.

두 개의 서로 바다
하나의 하늘을 공유하다.

———

내
사람

이번 주말에 나랑 일본 가자.

그래! 네가 가자면 이유가 있겠지.

진짜 내 사람은
두 번 묻지 않는다.

출발 며칠 전 해외에 같이 가자는 전화에
몇 명이나 응답할까?

존재의 가벼움
인간의 가벼움
관계의 가벼움

결국 내 사람을 만나야 한다.
그냥 친한 사람
밥 같이 먹는 사람
연락 하는 사람이 아닌
내 사람.

우리는 그런 사람을
소울메이트라 부른다.

소울메이트

새로운 세상으로 나를 인도해줄 사람
미지의 영역에 기꺼이 같이 가줄 사람
우리가 가면 그것은 길이 될 거라고 말해주는 사람
성공한 사업가 옆에는 소울메이트가 있다.

모두가 소울메이트와 결혼했다면
이혼율이 이렇게 높을 리가 없다.

대부분이 소울메이트라는 개념을 알기 전에
정신적으로 미성숙한 상태에서 사랑하고 결혼하니까.
평생 소울메이트가 뭔지 모르고
죽는 사람들도 많을 테니까.

———————

먼저 생각나고
먼저 얘기 듣고 싶고
먼저 마음이 가는 사람
이런 사람은 좋아하는 사람이지 소울메이트는 아니다.
소울메이트가 될 가능성이 높은 사람이다.

이 사람으로 인해 많은 것을 걸고 있다.
이 사람으로 인해 나의 가능성을 베팅할 수 있다.
이 사람으로 인해 영감을 얻는다.
내가 돋보이지 않아도 이 사람을 탄생시킬 수 있다면
몹시 기쁠 것 같은 사람이 소울메이트다.

당신에게도 소울메이트가 있는가?

먹고
싶은 것

뭐 먹고 싶어?

음… 분위기?

분위기를 먹고 싶을 때가 있다.

가끔은 음식 대신

분위기를 먹어줘야 한다.

그래야 배가 부르다.

때로는 음식으로 채워지지 않는 허기짐이 있다.

그것은 분위기로만 채워지곤 한다.

이유 없는 히스테리를 당하고 있다면

분위기를 먹어줘라.

연봉의 기준

"얼마 벌고 싶어?"
내 기준은 간단하다.

부모님께
마음 내키는 대로
머리 굴리지 않고
계산하지 않고
용돈 드릴 수 있는 정도

식당에서
메뉴판 가격 보지 않고
먹고 싶은 대로
재지 않고 따지지 않고
먹을 수 있는 정도

딱 그만큼만
돈 벌고 싶다.

———————

신뢰자본

너를 속여
내 이익을 얻으면
'거래'를 하자는 것이다.

마음을 들여
신뢰를 얻으면
'비즈니스'가 된다.

나는 거래를 하고 있나,
신뢰를 쌓고 있나.

결국
무슨 일을 해도
일의 기초 자본은 '신뢰'다.

비즈니스 세계에서
신뢰는 자본이다.

―――――――――

어떤
질문

평소 즐겨 마시는
스타벅스 돌체라떼를 주문하며 드는 생각.
맛있을까 대신 드는 생각.

내 삶은 돌체한가?

————————————

돌체(Dolce)는 이탈리아어로
부드럽게, 아름답게, 달콤하게
아는 사람만 먹는다는
달면서도 깊고 깊으면서도 부드러운 음료.

카라멜 마키아또로는 채워지지 않는 깊은 단맛
에스프레소와는 다른 진한 쓴맛이 밴
돌체라떼는 이럴 때 마신다.

차마 말로 다할 수 없는 스트레스를 받을 때
밥을 먹어도 채워지지 않는 정신적 허기를 느낄 때
상사 때문에 받은 화가 도무지 가라앉지 않을 때
각진 얼음을 가득 채워 아이스 돌체라떼를 마신다.

뜨거워진 가슴을 급격히 식혀야 할 때
바닥까지 떨어진 체내 당 지수를 채워야 할 때
인생에 중요한 질문을 던지게 해주는 의도 충만한 커피,
돌체라떼.

당신의 삶은 돌체한가?

우리들

회사를 행복한 일터로 만드는 불행한 행복한 일터 담당자
사내 최고의 전략가로 인정받는 인생 기획이 엉망인 기획자
뒤죽박죽 엉켜 자기 립스틱 하나 못 챙겨 바르는 디자이너
자기 인생은 정렬하지 못하는 경영관리팀 엑셀러
정작 본인은 교육받지 못하는 회사 교육 담당자

구성원

임기 내 결과를 보여줘야 하는 CEO
1년 내 승부수를 띄워야 하는 임원
그 임원에게 잘 보여야 하는 팀장
그 팀장에게 잘 보여야 하는 과장
그리고 나머지.

우리는 임원이 시키는 일을 하는데
우리 일도 1년짜리인가?

임원은 1년짜리지만
우리는 10년은 더 다녀야 하는데….
우리는 10년 보고 일해야 하는데….

회사의 큰 그림을 그려야 하는
임원은 1년짜리 그림을 그리고
회사의 세부적인 실무를 구성하는
사원은 10년짜리 그림을 그린다.

참 이상한 세상.

Alone
Together

분명히 같이 있는데
여기 사람이 많은데
분명 그들과 있는데

왜 나는 혼자인 것 같을까?

————————

"나는 준비됐습니다"

처음 작가가 된 2013년 마음속으로 준비한 이벤트가 하나 있다. 지하철이나 버스에서 내 책을 읽는 사람을 만난다면 그 길로 그의 손을 잡고 나가 맛있는 식사와 차를 대접하겠다는 계획이다. 내 글을 읽어주어 고맙고 또 그것을 내가 보았으니 인연 중에 필연이지 않은가! 하지만 수년이 흘렀으나 이 이벤트는 아직도 실현되지 못하고 있다. 나는 이 이벤트를 실행할 준비를 마쳤다. 작가는 준비를 마쳤으니 당신만 시작해주면 된다. 제발 그 사람을 만나고 싶다. 밥과 차는 최고급으로 대접할 계획이니 말이다.

나는 아직 준비중입니다

2018년 3월 26일 초판 1쇄 발행
2018년 4월 16일 초판 4쇄 발행
-
지은이 | 이은영
펴낸이 | 김남길
-
일러스트 | 편안
-
펴낸곳 | 프레너미
등록번호 | 제387-251002015000054호
등록일자 | 2015년 6월 22일
주소 | 경기도 부천시 원미구 계남로 144, 532동 1301호
전화 | 070-8817-5359
팩스 | 02-6919-1444
ISBN 979-11-87383-33-8   03810
-
ⓒ 이은영, 2018